Deviens un lecteur étoile avec Caillou!

Inspirée de la série d'animation Caillou, cette nouvelle série de livres répartis en trois niveaux de difficulté est conçue pour les lecteurs qui amorcent l'apprentissage de la lecture. Chaque livre met en valeur un vocabulaire usuel et une grammaire simple. Des mots vedettes, en gras dans le texte, sont présentés dans un dictionnaire illustré afin de développer le vocabulaire de l'enfant.

Niveau 1

Étoile naissante

Pour prélecteur avec accompagnement

- 125 à 175 mots
- Phrases simples et courtes
- Vocabulaire de base et répétitif
- Dictionnaire en images : 6 mots

Niveau 2

Étoile montante

Pour apprenti lecteur avec accompagnement

- 175 à 250 mots
- Phrases plus longues
- Vocabulaire usuel
- Dictionnaire en images : 8 mots

Niveau 3

Étoile filante

Pour lecteur en quête d'autonomie

- 250 à 350 mots
- Phrases plus complexes
- Vocabulaire riche et varié
- Dictionnaire en images : 10 mots

Texte: adaptation par Rebecca Klevberg Moeller
Tous droits réservés.
Texte original: Marion Johnson, d'après le dessin animé CAILLOU
Illustrations: Eric Sévigny, d'après le dessin animé CAILLOU

Les Éditions Chouette remercient le Gouvernement du Canada et la Société de développement des entreprises culturelles du Québec (SODEC) de leur soutien financier.

Crédit d'impôt   Gestion
livres   SODEC

Catalogage avant publication de Bibliothèque et Archives nationales du Québec et Bibliothèque et Archives Canada

Moeller, Rebecca Klevberg
[Caillou, on stage. Français]
Caillou, en spectacle: lis avec Caillou, niveau 3
Traduction de: Caillou, on stage.
Publié antérieurement sous le titre: Mon premier spectacle. 2009.
Pour enfants de 3 ans et plus.
ISBN 978-2-89450-721-6

1. Caillou (Personnage fictif) - Ouvrages pour la jeunesse. 2. Théâtre - Ouvrages pour la jeunesse. I. Sévigny, Éric. II. Pleau-Murissi, Marilyn. My first play. Français. III. Titre. IV. Titre: Caillou, on stage. Français. V. Titre: Mon premier spectacle.

PN2037.M6314 2017   j792   C2016-942526-6

Imprimé en Chine
10 9 8 7 6 5 4 3 2 1   CHO2004 MAY2017

Étoile filante

Niveau 3

En spectacle

Texte : Rebecca Klevberg Moeller, spécialiste de l'enseignement des langues
Illustrations : Eric Sévigny, d'après le dessin animé

Caillou est à la garderie.
Il joue avec ses **amis**.

Ils s'appellent Clémentine
et Léo.

Anne est leur **éducatrice**.
–Nous faisons quelque
chose de spécial,
aujourd'hui, dit-elle.
De quoi s'agit-il?

–Aujourd'hui, nous faisons une **pièce** de théâtre, répond Caillou.

—C'est exact, dit l'**éducatrice**.
Préparons-nous !
Les **amis** sont **contents**.

D'abord, les **amis** trouvent
un costume.

Caillou met le chapeau rouge.
Léo met le nez rouge.
Clémentine met le chapeau bleu.

–N'oubliez pas, notre **pièce** raconte une histoire, dit Anne. Nous devons porter les bons costumes.

Les **amis** s'habillent pour
la **pièce** de théâtre.

Caillou est
le **soleil**.

Clémentine
est la **fleur**.

Léo est
le **nuage**
de pluie.

Ensuite, les **amis** répètent leur texte.

— Je suis une **fleur**, dit Clémentine.

— Je suis le **soleil**, dit Caillou. Mes rayons te donneront **chaud** et **soif**.

Les **amis** s'exercent longtemps.
Plus tard, ils monteront sur la
scène.

Le public viendra les voir.
Les **amis** doivent bien réussir!

La **scène** est prête.
Les **amis** sont prêts.

Le public attend.
Tout le monde est excité.
La **pièce** va commencer.

Clémentine monte sur la **scène**.
–Je suis une **fleur**. J'attends le **soleil**.
Elle cherche Caillou. Mais où est-il?

Clémentine répète.

–Je suis une **fleur**. J'attends le **soleil**.

Cette fois, Caillou se présente sur **scène**.

–Je suis le **soleil**. Je vais
te réchauffer, dit Caillou.
–Le **soleil** est **chaud**, dit la
fleur. J'ai **chaud** et j'ai **soif**!

Ensuite Léo vient en **scène**.
–Je suis le **nuage** de pluie, dit-il.
Je vais t'arroser.
–Merci monsieur **Nuage**, dit
Clémentine.

La **pièce** est terminée.
Le public l'a bien aimée.

Le **soleil**, le **nuage** et la **fleur**
sont contents.

Dictionnaire en images

amis

éducatrice

pièce de théâtre

content

soleil

fleur

nuage

chaud

soif

scène